LA MORT D'ADAM,

TRAGÉDIE

EN TROIS ACTES ET EN VERS,

IMITÉE DE L'ALLEMAND

DE

M. KLOPSTOCK,

PAR M******* *l'abbé de St. Enes*

Mon fol orgueil, flatté d'un chimérique fort,
Ofa défobéir, & me donna la mort.   (Act. 2. Sc. 8.)

Le prix eft de 30 fols.

A PARIS;

Chez la Veuve Duchesne, Libraire, rue Saint-Jacques,
au Temple du Goût.

M. DCC. LXX.

Avec Approbation & Privilège du Roi.

ÉPITRE

DÉDICATOIRE

A

MADAME

LA MARQUISE DE R***.

MADAME,

Vous avez de la Religion, du goût & du sentiment; c'est à ces qualités

*ſeules que je dédie ce Drame. Puiſſe-
t-il laiſſer à la poſtérité une preuve éternelle de l'amitié dont vous m'honorez,
& du profond reſpect avec lequel j'ai
l'honneur d'être,*

M A D A M E,

Votre très-humble & très-
obéiſſant ſerviteur,

* * * * *

LETTRE
DE L'AUTEUR
A M***.

EN 1762, il parut chez Prault, petit-fils, & Defaint *junior*, une édition de la mort d'Adam, Tragédie traduite de l'Allemand ; elle ne parvint que l'année fuivante aux habitans ifolés d'une petite cité, où le commerce fleurit plus que la littérature. Ce fut à cette époque que je réfolus d'aller paffer le printemps dans une folitude champêtre, pour y admirer le doigt de Dieu dans le renouvellement périodique de la Nature ; je pris pour compagnons de voyage, Pluche, Réaumur, M. Buffon(*a*)...Ce fut, fans doute, la providence qui dérangea mon projet d'obfervations philofophiques, en leur affociant M. l'Abbé Arnaud (*b*).

Je débutai, Monfieur, par dévorer la traduc-

(*a*) Le Public connait leurs ouvrages & leurs recherches. L'antiquité n'a pas fourni un Buffon.

(*b*) Comme j'ignore l'Allemand, fans cet élégant Traducteur, je n'aurais pas pû m'écrier avec le Corrége : *anch'io n pittore.*

tion en profe de cet Abbé érudit ; je ne lûs qu'elle : le brillant tableau de la Nature active & renaiffante, s'évanoüit à mes yeux, & fut remplacé par l'image funébre de la Nature en deuil de fon Chef & de fon Roi ; mon imagination n'appercevant plus qu'au travers d'un crêpe noir les objets admirables que je voulais étudier fur le théâtre favori des Pline (c) & des Columelle (d), je n'y pouvais lire que la deftruction néceffaire de tous les êtres qui m'environnaient : mon âme feule échappée à la cataftrophe générale femblait diriger fa marche triomphante fur les triftes décombres de l'univers.

Tandis que profondément abforbé dans ces idées lugubres, je fuivais, malgré moi, les traces de la matiere qui fortait du néant, & y rentrait par un reflux continuel, je verfais des larmes, Monfieur, mais des larmes délicieufes, & toujours effuyées par les mains de la plus flatteufe efpérance. Puiffe vous en arracher de pareilles cette imitation libre d'un Drame né en Allemagne, fous les yeux du génie (e) préfenté à la Fran-

---

(c) L'ancien, natif de Vérone, eftimé de Vefpafien & de Tite. Le Pere Hardouin donna en 1723 , une bonne édition de fon Hiftoire Naturelle. M. Buffon a dit de ce favant Ecrivain, d'ailleurs trop crédule & fouvent obfcur : *Il femble avoir mefuré la Nature.*

(d) Né à Cadix ; Auteur de 12 Livres fur l'agriculture, & d'un Traité fur les arbres. Il a fleuri fous Claude, vers l'an 42 de Jéfus-Chrift.

(e) M. Klopftock. C'eft le Corneille de l'Allemagne ; il travaille à la Meffiade qu'il doit dédier au Roi de Danemarck fon protecteur éclairé.

ce par le bon goût (*f*), & qu'un zèle, au moins excufable, s'eft efforcé d'enrichir des brillantes couleurs que préparent nos Mufes fur les palettes des Titien & des Rubens (*g*) de nos jours.

Je l'avouerai, Monfieur, les charmes du fentiment me déroberent d'abord les fineffes de l'art ; rendu à moi-même, j'étudiai la conduite du Drame Germanique ; j'en preffenti la régularité, & j'allais m'en affurer au flambeau des Abbés d'Aubignac & du Bos (*h*), lorfque je jettai un coup d'œil fur les réflexions préliminaires de M. l'Abbé Arnaud (*i*); elles fuffirent feules pour me convaincre que le plan de M. Klopftock eft deffiné avec une correction, une nobleffe, une fierté qui fe marient parfaitement avec la naïveté & la fimplicité de la Nature. Ce fut alors, Monfieur, que j'ofai hafarder cette imitation d'un chef-d'œuvre exotique, où l'Auteur, en n'affectant aucune ma- *nière*

Connue des françois, des Anglois... me parait ouvrir à la poftérité une carrière auffi vafte que nouvelle.

(*f*) On n'en peut refufer à un Auteur que fes talens rendent cofmopolite, qui difcerne le beau chez l'Etranger & fe l'approprie pour en enrichir fa patrie.

(*g*) M. de Voltaire, l'un d'eux, & le premier d'eux tous, a pour fyftême qu'il faut traduire en vers tout ouvrage en vers dans fon principe. M. Klopftock m'aurait fans doute une grande obligation, fi elle égalait celle que Milton & Shakefpear ont à l'Auteur de Zaïre, de Mérope, &c. &c.

(*h*) Ces Ecrivains didactiques ont enchéri fur Ariftote leur Maître : mais l'Abbé du Bos n'a pas eu l'honneur de preffentir que la mort d'Adam pouvait être la matiere d'un chefd'œuvre du Théatre, comme il devina que la Ligue pouvait fournir à un génie fupérieur le fujet d'un Poëme épique.

(*i*) Il y regne une érudition qui n'eft ni affectée ni pédantefque.

niere connue des Français, des Anglais, des Grecs même & des Romains, me paraît ouvrir à la poſtérité une carriere auſſi vaſte qu'elle eſt nouvelle (*k*).

M. Klopſtock, placé ſur un coin du globe, s'éleve juſques au ſanctuaire de la divinité : il y lit que tout ce qui n'eſt pas Dieu, dépend d'un ſeul mot de Dieu. L'Eſprit ſaint dit *»* QUE LA LU*»* MIERE SOIT FAITE... ELLE BRILLE A L'INSTANT (*l*) *»*. Il dit à la Nature, complice du crime d'Adam ; *»* VOUS MOURREZ... ET TOUTE MATIERE *»* PENCHE VERS LE NÉANT DONT ELLE EST SOR*»* TIE (*m*) *»*. Il dit enfin au premier homme, en particulier : *»* TU MOURRAS DE LA MORT... & ce *»* pléonaſme apparent eſt l'expreſſion ſublime de *»* la terrible agonie qui doit accabler l'Auteur de *»* tous les maux poſſibles, préſens, paſſés, futurs, *»* moraux & phyſiques (*n*) *»*.

» TU MOURRAS DE LA MORT *»*. Voilà donc la Sentence perſonnelle d'Adam, & voilà l'idée ma

---

(*k*) L'analogie découverte par M. l'Abbé Arnaud, eſt trop éloignée pour démentir la généralité de mon aſſertion. M. Klopſtock peut avoir imaginé ſa Mort d'Adam, ſans avoir ſongé à l'Œdipe à Colone.

(*l*) Geneſe 1. v. 3. *Dixitque Deus fiat lux, & facta eſt lux.*

(*m*) Geneſe 2. v. 17. *In quocumque enim die comederis ex eo, morte morieris.*

(*n*) Eve ne paraît pas avoir craint la mort de la mort, mais la mort ſeule, *ne forte moriamur,* dit-elle au Serpent, *Geneſe,* 3. v. 3. Mais le ſéducteur qui ſaiſiſſait peut-être toute l'étendue de l'expreſſion, *morte morieris,* aſſûre à la trop curieuſe mere du Genre-Humain, qu'ils ne mourront pas de la mort. *Nequaquàm morte moriemini.* Ibid. v. 4.

jeſtueuſe ſur laquelle tourne , comme ſur ſon unique pivot , toute la machine dramatique de l'Auteur dont j'ai ſuivi le plan avec ſcrupule , mais dont j'ai quelquefois changé le ſtyle , & ſouvent étendu ou élagué les penſées & les réflexions. J'oſe le dire , aucun Pere de l'Egliſe , aucun Interprete des annales ſacrées , n'avait ſaiſi, avant M. Klopſtock , toute l'énergie de cette expreſſion : TU MOURRAS DE LA MORT.

Plein de la divinité qui le poſſede & l'inſpire , ſi M. Klopſtock avait écrit en France , il aurait ſans doute plus ſouvent & plus fortement exprimé la puiſſance du Dieu qu'adorent les Français, la ſainteté & l'excellence de la vertu qu'ils aiment. J'ai connu ma nation (*o*) , & j'ai cru qu'Adam tantôt embrâſé des feux du remords qu'excite en lui le cruel reſſouvenir de ſon péché héréditaire, tantôt enſevé ſur les aîles de l'eſprit prophétique, tantôt entraîné par la force de l'amour paternel , pouvait ſe ſouſtraire , en quelque façon , à la ſimplicité du langage des premiers temps , pour nous tracer par des métaphores hardies (*p*) , mais toujours empruntées , des phénomènes ſenſibles ; là

(*o*) Je puis dire , ſans partialité, qu'aucune autre n'a autant de reſpect pour la vraie Religion ; je n'en dois citer ici pour preuve que les applaudiſſemens qu'elle prodigue aux idées ſublimes que nous donnent de la Divinité les Auteurs de Polieucte , d'Athalie, de Zaïre , de la Henriade, de Cominge , d'Euphémie, &c. &c.

(*p*) Ce ne peut , ce me ſemble , être un grand défaut, que de ſe ſervir dans les Pièces ſaintes du langage de l'Eſprit-Saint. Le ſtyle des Prophètes eſt métaphorique.

le Dieu redoutable devant qui les montagnes s'é-
coulent comme la cire (*q*) ; ici le prodige de l'a-
mour divin qui , par une union hypoſtatique &
ineffable , répare un crime dont la plaie ſaignera
juſques & au-delà de la fin des ſiécles ; partout
enfin , la crainte, le reſpect, l'hommage, la fidé-
lité, la reconnoiſſance que doivent vouer à l'Eter-
nel les malheureux rejettons de la ſouche infec-
tée de l'arbre généalogique du genre humain (*r*).

L'Ange de la mort qui voit & lit tout dans l'eſ-
ſence de Dieu même, & Caïn, jouet infortuné de
la rage & du déſeſpoir , ſe ſervent auſſi de quelques
expreſſions figurées , mais toujours à la portée
d'Adam (*s*), que le premier accable du poids de
ſa ſentence, & le ſecond du poids de ſa malédiction. Tous les autres perſonnages que j'introduis
ſur la ſcène d'après M. Klopſtock, n'empruntent
que le langage naïf du ſentiment ; mais, ou je
me trompe , ou mon Eve reconnoiſſante fait plus
ſortir de la toile les traits de cette providence infinie qui fraye une route au jeune Sunim égaré
dans les déſerts. Ma Sélime fait éclater davantage
ſon innocence & ſa pudeur , en attribuant à Dieu
ſeul les nouveaux ſentimens qui naiſſent dans
ſon âme timorée. La vertu de mon Seth eſt peut-
être plus intéreſſante & certainement plus religieuſe,

(*q*) Pſeaume 96. v. 5.

(*r*) J'ai indiqué par une aſtériſque les additions principales
& les endroits où je me ſuis le plus écarté de mon prototype.

(*s*) Quelle fut l'étendue de ſes connaiſſances ? C'eſt un
problême qu'on ne réſoudra qu'alors qu'il ſera permis à la
Créature de fixer des bornes à la libéralité du Créateur.

parce qu'elle eft étayée d'une réfignation louable aux volontés fuprêmes de l'Etre vengeur, dont néanmoins ce digne fils tâche de défarmer le bras par la douce violence des prieres les plus fer-ventes.

L'efpece, l'objet de ce Drame, & fur=tout la faibleffe du coloris, ne lui promettent pas les honneurs de la repréfentation (*t*); mais en ferait-il digne? Je ne permettrais point qu'on les lui accordât, tandis que l'Eglife Gallicane accablerait de fes foudres (*u*) les gens à talens qui, en mettant en action la religion majeftueufe, la vertu eftimable, le patriotifme éclairé, &c. feraient peut-être des Chrétiens plus fervents, & des Citoyens plus fideles, que n'en feront jamais les Monologues pefamment méthodiques dont le Public ne fe dégoûte

---

(*t*) On prêche la mort à la Cour: pourquoi n'y repréfenteroit-on pas celle d'un pécheur pénitent? Craindrait-on que l'impreffion en ferait moins paffagere que celle d'un difcours adulateur?

(*u*) Outre que c'eft un crime de les braver, je trouve d'après les réflexions de S. Grégoire le Grand, chapitre 2r. du dix huitième livre de fes morales, qu'il y a, au moins, de la dérifion & de l'inconféquence à faire prononcer l'apologie de la Religion, & des vertus chrétiennes, par des bouches excommuniées. Quel eft l'homme fenfé qui, après avoir lû dans le dur Tertullien, au Livre des Spectacles & de l'Idolâtrie, que *le Théâtre eft la maifon du Diable*, pourrait fe faire une affez forte illufion pour dire avec *Lufignan*, fur celui de la Comédie Françaife :

Ton Dieu que tu trahis, ton Dieu que tu blafphêmes,
Pour toi, pour l'Univers, eft mort en ces lieux mêmes. (*Zaïr. Act. 2. Sc. 3.*)

que trop (*x*). L'Eglife, je n'en doute point, a fes raifons; je les refpecte; mais il n'en eft pas moins vrai que fes loix de difcipline, dès qu'elles deviennent inutiles, ou qu'elles fe trouvent en contradiction formelle avec les loix de police, & les

---

(*x*) Je fuis très-éloigné de penfer avec l'ingénieux & érudit Auteur de la *Prédication*, qu'il eft inutile de rappeller fes devoirs à l'efprit de l'homme diffipé par les affaires, ou aveuglé par le déreglement du cœur; mais je foutiens, d'après Horace, que l'impreffion du difcours le plus éloquent, n'égalera jamais celle d'une repréfentation pathétique.

Segniùs irritant animos demiffa per aurem
Quàm quæ funt oculis fubjecta fidelibus.   (Art. Poët.)

Les Confreres de la Paffion (MM. de Fontenelle & le Préfident Hénault paraiffent être de mon avis,) n'étaient pas répréhenfibles d'avoir repréfenté les Myftères facrés; mais de les avoir repréfentés ridiculement : tout fe repréfentait autrefois, même dans nos Eglifes, & fe gravait ainfi plus profondément dans la mémoire. On raifonnait moins, on croyait mieux.

Un autre avantage des Théâtres, où les talens, qui ne feraient pas profcrits du fein de l'Eglife, ne repréfenteraient que des Drames, qui, bien examinés, feraient marqués au coin d'une faine doctrine, & d'une morale épurée, ce ferait de diminuer le nombre prodigieux de ces Néophites qui, fans avoir rien appris, croient tout favoir, & par un faux zèle, ou par un orgueil foutenu, ou par une ambition démefurée, débitent, dans nos chaires, prefque autant d'erreurs que de jolies paroles; de ces Orateurs fans goût & fans prudence, qui, en calquant mal-adroitement nos vices fur ceux de Paris, nous initient très-fouvent dans des myfteres d'iniquité qui nous font inconnus; de ces perroquets de tout plumage qui déclament, fans onction, des difcours de tout prix, ou nous fatiguent par des lieux communs héréditaires qui defcendent de barbe en barbe jufqu'à nous.

ordres du Prince auſſi aimé qu'il mérite de l'être, n'exiſtent (j'en appelle à une trop fatale expérience) (*y*) que pour être indignement foulées aux pieds, pour ſcandaliſer nos freres errans, & ſervir de trophées à l'impiété & au libertinage.

Ce n'eſt pas ici le lieu d'établir la poſſibilité d'ouvrir, au moins dans les villes Capitales, des théâtres pouſſés au dernier période de décence, d'honnêteté, d'utilité, d'inſtruction ; il y aurait d'ailleurs de la témérité à vouloir enchérir ſur les excellentes raiſons oppoſées par Meſſieurs d'Alembert, de Voltaire, Marmontel & autres, aux raiſonnemens captieux du trop fameux Paradoxophile de nos jours (*z*). Je me borne à remarquer que le ſcholaſtique Saint Thomas (*aa*), & l'éloquent Archevêque de Conſtantinople (*bb*), ſuppoſent

---

(*y*) Nos Seigneurs Prélats ne voient que trop ſouvent, avec la plus vive douleur, leurs Diocéſains préférer au devoir de remplir le précepte de la Communion paſchale, le plaiſir d'aller à des Spectacles encore trop libres, mais autoriſés par le Prince. Ne ferait-il pas plus paſtoral de travailler à réformer les abus des Spectacles actuels ?

(*z*) Le plus mince Littérateur a entre les mains les ouvrages de ces célèbres antagoniſtes.

(*aa*) L'Ange de l'Ecole (2. 2. *q.* 163. art. 2 & 3.) permet les Spectacles, *où l'on ne dira rien, on ne fera rien d'illicite, ni rien qui ne convienne aux affaires & au tems.* Il a donc cru que de pareils Spectacles étaient poſſibles. Pourquoi n'en ferait-on pas l'épreuve ?

[*bb*) Saint Chryſoſtome, après avoir fait, *dans ſa ſixième Homélie,* une vive & chrétienne incurſion ſur les Fêtes de Pallas, ſe propoſe, dans ſa trente-ſeptième, de réprimer les abus particuliers aux Spectacles de ſon tems. Il penſait

cette poffibilité, qui n'a jamais été directement combattue par Saint Auguftin (*cc*), ni même par M. de Meaux (*dd*). Je ne cache cependant pas que cette réforme doit être d'une difficulté prefqu'infurmontable, puifqu'elle n'eft pas ordon-

---

donc qu'on les pouvait réformer ! imitons fon zèle ; & on ne le foupçonnera pas de n'avoir point été éclairé.

(*cc*) L'Evêque d'Hippone, au *Liv.* 3. *de fes Confeff.* nous tracé, avec le crayon du remords, les criminelles impreffions que faifaient fur fon cœur amolli & ulcéré les Spectacles indécens de Carthage diffolue. . . . Ce n'eft pas-là foutenir qu'il ne peut y avoir de Théâtres épurés.

(*dd*) Je fais que M. Boffuet, (*en plufieurs endroits, mais fur-tout dans fes Maximes & Réflexions fur la Comédie,*) a fourni à J. J. Rouffeau une partie des armes dont il veut anéantir le Théâtre ; mais je fais auffi que, trop ambitieux, il voulait réunir-tous les talens, ou dégrader ceux que la Nature lui avait refufés. Il en voulait moins au Théâtre en général qu'au trop libre Moliere, au trop tendre Quinault, & fur-tout au défenfeur anonyme de la Comédie. Tel on le vit pourfuivre avec trop d'acharnement un rival chéri, vertueux, & dont les erreurs n'ont fervi qu'à donner un nouvel éclat à fa droiture & à fa fainteté. On connait la réponfe d'Innocent XII à ce Prélat jaloux, qui eut toujours raifon d'une maniere révoltante.

N. B. J'aurais encore différé de préfenter cet effai au Public, fi je n'avais lû (*dans la deuxième partie du tome* 3. *du Journal Encyclopédique,*) l'exhortation que fait le Journalifte éclairé à M. D'Arnaud, de traduire en entier le Drame dont il imite les morceaux les plus pathétiques dans le Difcours préliminaire de la troifième édition du Comte de Cominges. Je fouhaite que le fuccès de cette imitation, que j'ai l'honneur de vous adreffer, détermine l'Auteur de Cominges, d'Euphémie, &c. à confacrer fes momens précieux à créer de nouveaux chef-d'œuvres édifians.

née par le Monarque BIEN-AIMÉ qui ne s'oc-
cupe que du bonheur de ſes ſujets, entrepriſe par
des Miniſtres qui cultivent les talens qu'ils pro-
tégent, autoriſée enfin par un illuſtre clergé dont
les mains paternelles retireraient ſans doute avec
plaiſir des foudres qui ne s'allument jamais qu'aux
feux des vices qui donnent la mort à l'âme.

J'ai laiſſé couler ma plume, Monſieur ; vous
ne me ſoupçonnerez pas d'avoir voulu ſurprendre
votre ſuffrage, par une apologie indirecte d'une
production qui ſera peut-être éphémere ; je devais
excuſer, à votre tribunal, les écarts d'une muſe
Chrétienne, qui, quoiqu'anonyme, reſpecte les ju-
gemens du public éclairé.

J'ai l'honneur d'être, &c.

ACTEURS.

ADAM.

CAÏN.

SETH.

EMAN, *l'un des plus jeunes fils d'*ADAM.

SUNIM, *le plus jeune de tous.*

EVE.

SÉLIME, *petite-fille d'*ADAM.

TROIS MERES, *qui menent, pour la premiere fois, leurs fils à* ADAM.

L'ANGE DE LA MORT.

*La Scène est dans une Cabanne, au fond de laquelle
est la demeure d'*ADAM*, & l'Autel d'*ABEL.

LA

LA MORT
D'ADAM,
TRAGÉDIE.

ACTE PREMIER.

SCENE PREMIERE.
SÉLIME, SETH.
SÉLIME.

(Elle entre du côté opposé à la Cabane d'ADAM; SETH est à la porte de celle de son pere, où, les yeux élevés au Ciel, il prête une oreille attentive aux gémissemens qui pénétrent son ame.)

O jour le plus heureux, le plus beau de ma vie !
Jour où de l'Éternel la clémence infinie
Doit former les saints nœuds de l'amour conjugal!
Ton aurore présage un plaisir sans égal.
Ainsi que la clarté, ma flamme vive & pure,
Prête un nouvel éclat à toute la Nature.

B

Mon cœur se livre en paix au nouveau sentiment
Que fit naître le choix du vertueux Éman.
Favorable à mes vœux, dès l'aube matinale,
Eve daignait orner ma couche nuptiale.
A ses ordres soumis, mes freres & mes sœurs,
Aux branches de Palmiers assortissaient des fleurs....
Au pied de ce platane, ombrageant la prairie,
Je reverrai bien-tôt cette troupe chérie.
Je viens d'y préparer des fruits délicieux,
De la bonté du Ciel dons chers & précieux.
Sous des herbes encor brillantes de rosée,
Des raisins les plus beaux une grappe est cachée.
Elle est à mon époux. Je dois cette faveur
A l'amour épuré qui regne dans mon cœur.
O tendre souvenir! ÉMAN choisit SÉLIME !

  Avant que le Soleil dans les ondes s'abîme,
La présence d'Adam doit honorer ces lieux.
Tendre Pere!.... Bien-tôt vous aurez sous les yeux,
Présentés par les mains des meres fortunées,
Tous ceux de leurs enfans qui comptent trois années.
Vous les bénirez tous.... Votre amour paternel
Doit luire aussi pour nous en ce jour solemnel.
Adam couronnera notre ardeur légitime.
Vers le lit nuptial il conduira Sélime.
Viens, Seth, viens adorer l'Auteur de ces bienfaits,
Rendons graces à Dieu.... Mon frere.... tu te tais!
Ta sœur voit le sourire expirer sur ta bouche.

SETH.

De ton bonheur prochain le sentiment me touche;
Il pénétre mon ame, & j'en suis occupé.
Chere Sélime,.... hélas!

SÉLIME.
Cesoupir échappé

Répond mal aux tranſports de la gaieté commune ;
Ton cœur eſt accablé d'une idée importune.
Mon frere aurait-il donc quelque ſecret pour moi ?

SETH.

D'un ſilence profond je m'impoſais la loi :
Mais ma ſincérité, ton trouble, tes allarmes....
Arrête cependant le torrent de tes larmes.
L'excès de mon amour peut m'induire en erreur....
Sélime, tu le veux..... je vais t'ouvrir mon cœur.

Tandis qu'Eve, à ton gré, dans ces riantes plaines,
Préſidait aux apprêts de tes nôces prochaines,
J'avais les yeux fixés ſur le front paternel.
Gémiſſant, proſterné ſur le tombeau d'Abel,
Ton pere était plongé dans de triſtes penſées :
D'une morne douleur les empreintes tracées.....

SÉLIME, *l'interrompant*.

C'en eſt aſſez.... volons.... je veux ſaiſir ſa main :
Seth ! je veux la baiſer, la preſſer ſur mon ſein.
J'attacherai ſur lui des regards de tendreſſe.
Je veux le conjurer de vaincre ſa triſteſſe....
Que vois-je ? malgré toi, tes yeux verſent des pleurs.
Cruel ! me céles-tu quelques nouveaux malheurs ?

SETH.

Pourquoi la quittas-tu, ta cabane paiſible ?
Sélime, laiſſe-moi.... ton ame trop ſenſible
Peut-elle ſoutenir le poids de mon ſecret ?
Il m'échappe.... ah ! ma ſœur, j'obéis à regret.
Tu ne connaîtras point ton reſpectable pere
A l'effrayant portrait que va tracer ton frere.
Je l'ai vu ce matin traînant ſon foible corps :
La douleur paraiſſait en briſer les reſſorts.
De ſes membres tremblans à peine ayant l'uſage,
Une ſombre pâleur lui couvrait le viſage.

B ij

Les yeux fur moi fixés il ne me voyait pas.
Il entre en fa cabane & dirige fes pas
Vers la pierre où d'Abel la victime agréable
Nous obtenait des Cieux un regard favorable.
Je le voyais frémir & trembler à la fois.
Je l'entendais prier. il élevait fa voix.
Mais par de longs foupirs cette voix repouffée
Exprimait les tourmens de fon ame oppreffée.
Il gémiffait encor , quand tu vins en ce lieu
Me diftraire des vœux que j'adreffais à Dieu.
Lui feul peut rétablir une fanté fi chere....
J'entends des pas tardifs...Ah ! ma fœur , c'eft mon pere!

SCENE II.

ADAM, SETH, SÉLIME.

ADAM.

ς (*A part.*)   (*Haut.*)
SETH & Sélime !... ô jour de douleur & d'effroi !
Ce jour , ce même jour fera brillant pour toi ,
Chere Sélime : vole où le plaifir t'appelle ;
Ombrage de rameaux ta cabane nouvelle ,
Va te parer des fleurs qui naiffent dans nos champs ;
De tes nôces préviens les fortunés momens.
(*Il l'embraffe.*)
Va, ma fille, c'eft moi ; c'eft Adam qui l'ordonne.
Ton aimable pudeur de cet ordre s'étonne !
Je fais qu'il eft contraire à l'ufage reçu.
Je peux t'en difpenfer, fans bleffer ta vertu.
Pars.... De mon ordre inftruis mon époufe fidelle.

SÉLIME.

(*Elle fort en exprimant fes inquiétudes par fes tendres regards.*)
Mon pere , j'obéis.

SCENE III.
ADAM, SETH.

ADAM.

D'UNE douleur mortelle
Son pere a vu les traits se peindre dans ses yeux.
Elle fuit : mais son cœur est encor dans ces lieux.
Il ne me quitte plus... Ame sensible & pure,
Que le Ciel de ses dons te comble avec usure.
Hélas! dans peu, mon fils, je ne la verrai plus.
Ses graces, sa beauté, sa pudeur, ses vertus,
Rappellent à mes sens Eve encor innocente
*(a) Dans ces jours fortunés où la terre naissante,
* Ne portant pas encor un pere criminel,
Reposait à l'abri du courroux Éternel.
  Mais, ô toi, mon cher fils, ma plus belle espérance,
O toi qui reconnais cette Sagesse immense,
Dont le doigt se jouant dans ce vaste Univers,
Brise l'aîle des vens, brave l'orgueil des mers;
Adore ses decrets : ils sont inébranlables.
(A part.)
Homme faible & soumis!.... O douleurs ineffables!
(Haut.)
Quel coup je vais porter !... Approche, enfant chéri;
(Il embrasse Seth.)
Rappelle tes vertus.... Adam meurt aujourd'hui.

(a) Tous les astérisques répandus dans le cours de ce Drame indiquent des changemens & des additions. Lorsqu'ils sont accompagnés d'une lettre, ils renvoient aux notes placées au bas des pages.

SETH.

Mon pere !

ADAM,
(A part.)
Mon cher fils !... Il garde le silence....,
(Haut.)
Reviens à toi, mon fils. De ta propre douleur
Tu me vois pénétré : tu m'arraches le cœur.
Accorde à mes discours une oreille attentive.
Songe, pour rappeller une ame fugitive,
A l'excès de terreur que m'inspirait la voix
Qui m'annonçait la mort pour la premiere fois.
Toi seul de mes enfans, à mon heure derniere,
De ton pere expirant fermeras la paupiere.
Un nuage confus répandu sur mes yeux
Me présage la mort.... Ainsi l'aspect des Cieux,
Et les accords divins de leur noble harmonie,
M'annoncerent l'instant où je reçus la vie.

J'abandonnais mon cœur au doux pressentiment
Du bonheur projetté de Sélime & d'Éman ;
Je bénissais leurs nœuds, leur innocente flamme....
Tout-à-coup la terreur s'empara de mon ame.
Tout mon corps fut saisi d'un affreux tremblement.
Mes sens font ébranlés d'un subit mouvement,
Plus rapide cent fois que ne l'est la pensée....
C'était la mort vengeant la Nature offensée.
La mort, comme un torrent, se répand dans mon corps.
Sur mes os disloqués redoublant ses efforts,
Elle me frappe enfin d'une langueur soudaine.
Mes membres engourdis se mouvaient avec peine,
Muet comme tu l'es, au récit de mes maux ;
Ma douleur s'exhalait en lugubres sanglots.
Ma langue était alors immobile & glacée.
Ne crois pas cependant que mon ame insensée,

Au Maître des Humains se plaigne de son sort.
C'est la Nature, hélas! qui lutte avec la Mort.
Pardonne-moi, grand Dieu! la faiblesse & la crainte.
L'image de la mort dans mes yeux est empreinte.
O mon fils! de mon sang elle interrompt le cours.
Jour affreux! tu seras le dernier de mes jours!

    Ma frayeur, à l'instant, redouble.... & me désole.
Ange Exterminateur, tu tiendras ta parole....
  (*A son fils.*)
Je te veux bien encor confier ce secret.
Rappelle-toi, mon fils, que, par un seul arrêt,
Mon Juge enveloppa dans la même disgrace
Ton pere criminel avec toute sa race.
Hors des portes d'Eden, j'en rougissais d'effroi,
Mais l'Ange de la Mort est debout devant moi.
Il dit : «Écoute, Adam, lorsque de ta Sentence
» Le Ciel t'accordera la pleine intelligence,
» Tu toucheras de près a son événement.
» Je viendrai t'en marquer et l'heure et le moment».
    Interprète sacré d'un Juge inéxorable,
Viens.... ton retour prédit en est moins redoutable.
Je t'attends : ô mon fils! lève les yeux au Ciel.
*(a) Dieu daigne encor verser quelques gouttes de miel
Dans mon breuvage affreux de fiel & d'amertume ;
Au sein de la terreur l'espérance s'allume....
«Tu mourras de la Mort ».... A mon esprit troublé,
De ce fatal arrêt le vrai sens est voilé.
«Tu mourras de la Mort ».... Quel tourment pour
        ton pere!
De mes derniers soupirs sois le dépositaire.

(a) Expressions métaphoriques empruntées de l'Ecriture-Sainte.

Depuis mon crime, hélas ! tous les jours je me meurs.
Je ne crains pas la mort ; mais j'en crains les horreurs.
Mon ame eſt préparée.....

SETH.
Adam nous abandonne !
Il conſent à mourir !

ADAM.
Tout ce qui m'environne
Me retient ici bas !.... ô mon ſang ! ô ma chair !

SETH.
Mon pere, ſi jamais votre fils vous fut cher,
Vivez encor pour lui. Senſible à ſa priere.....

ADAM.
Laiſſe-moi reſpirer : mon ame toute entiere
S'épanche & ſe confond dans la tienne.... Grand Dieu !
Tempère la douleur qui nous ſuit en tout lieu.
Mon fils, allons fléchir le Juge redoutable.
Adorons ſon arrêt.

SETH.
Je le crois adorable.
Mais cet arrêt de mort doit-il s'exécuter
Aujourd'hui, ſous mes yeux ?... ah ! daignez m'écouter :
Vous aimez vos enfans ; votre tendreſſe extrême
Craint trop de les quitter... Vous vous trompez vous-même.
Vous rapprochez des tems peut-être reculés,
La vive émotion de vos ſens ébranlés,
*(Je l'eſpere du Ciel, toujours bon, toujours juſte :)
Eſt l'effet naturel d'une ſanté robuſte,
Qui des ſiecles entiers a bravé les hivers.

ADAM.
(*A part.*)   (*Haut.*)
Que répondre à mon fils ?... Malheureux & pervers !
De l'Ange de la Mort la voix inopinée
Va peut-être bien-tôt marquer ma deſtinée.

'Ange terrible, au moins ne t'offre qu'à mes yeux :
Épargne à mon cher fils ton aspect odieux.
(*A Seth.*)
Regarde cet autel teint du sang de ton frere ;
Va, Seth, de l'Éternel désarmer la colere.
Puisse-t-il agréer l'encens de tes vertus,
En ajoûtant un jour à mes jours révolus !

S E T H.

(*Il sort en élevant les yeux & les mains au Ciel.*)

Mon pere, j'obéis.

SCENE IV.

A D A M, *seul.*

SEs prieres ferventes,
Auprès de l'Éternel, sans doute sont puissantes ;
Mais ta justice, ô Ciel ! égale ta bonté,
Et l'immuable arrêt doit être exécuté.

Quel trouble me saisit ! ma langueur m'abandonne.
Mon cœur est palpitant ; je tremble ; je frissonne.
La terreur & l'effroi s'emparent de mes sens.
La mort vient sur leurs pas... oui ; déjà je la sens.

Toi que je foule aux pieds, insensible poussiere,
Tu couvriras bien-tôt cette vile matiere ;
L'argile de ce corps, mes membres desséchés.
Quel spectacle pour vous qui m'êtes attachés
Par les liens du sang, & ceux de la Nature !
Mon Dieu, ne souffrez pas, Adam vous en conjure,
Qu'Eve, & tous mes enfans, témoins de mon trépas,
Viennent, en gémissant, se jetter dans mes bras.
Je ne soutiendrais pas leur tendresse cruelle.

Et toi, chere moitié, ma compagne fidelle,
Aimable, & tendre objet de mes chaftes defirs,
Qui partageais mes maux, mes travaux, mes plaifirs ;
Tous deux, au même jour, appellés à la vie,
Sera t-elle à tous deux au même jour ravie ?
Toi feul le fais, grand Dieu ! toi qui, dans ta fureur,
Lanças le jufte arrêt dont je crains la rigueur.

SCENE V.

ADAM, SETH.

ADAM.

TE voilà de retour ! ... Les cris de l'innocence
Ont-ils de l'Éternel imploré la clémence ?

SETH.

Je ne priai jamais avec tant de ferveur ;
La triftefle, l'amour, l'efpoir & la terreur,
Animaient les tranfports de ma vive priere.

ADAM.

Tu le fais, mon cher fils de mon heure derniere ;
Tu dois feul partager tous les tourmens divers.
Je vais facrifier au Dieu de l'Univers.
Charge-toi d'éloigner ta mere & fes compagnes.
Quand le Soleil fuira derriere ces montagnes,
Viens rejoindre ton pere aux pieds de l'Éternel.

SETH.

Moi ! ... vous abandonner ! ... je ferais criminel !
Je vous obéiflais, comme à l'Être fuprême ;
Mais, dans ce jour affreux, vous livrer à vous-même !
Pouvez-vous l'exiger ? confultez votre cœur.

Mon pere, pardonnez.... le mien frémit d'horreur,
Et ne peut foutenir cette effrayante idée.
   Sélime cependant de chagrins obfédée,
Fait retentir les airs de lugubres foupirs.
Je n'ai pu refufer à fes preffans defirs,
Aux cris de fon amour, au torrent de fes larmes,
D'avouer le fujet de mes vives allarmes.
* L'horreur a peint Adam fe traînant à l'autel.

A D A M.

Mes yeux vont la revoir !....Trop malheureux mortel!
Je dois donc fuccomber à ma douleur extrême !

S E T H.

Mon pere, quelqu'un vient.... C'eft Sélime elle-même.

A D A M.

Quoi ! mes enfans !... Si-tôt !....

S C E N E   VI.

A D A M, S E T H, S É L I M E.

A D A M, *à part & détournant la vue.*

O mortelles couleurs !
Tel expirait Abel arrofé de mes pleurs !....
(*A Sélime.*)
Ma fille, tu parais interdite, étonnée ;
Ton ame à la douleur fuccombe abandonnée.
Rappelle tes efprits.... chere Sélime....

S É L I M E.

Hélas !

Par votre ordre, tantôt, m'arrachant de vos bras,
J'allais cueillir des fleurs fous les yeux de ma mere....
*Il marchait devant moi, ce tableau que mon frere

M'avait fait de l'état où son œil vous surprit;
Ce teible tableau, qui troublait mon esprit,
Fit passer dans mon cœur une subite atteinte.
Du Soleil à mes yeux la lumiere est éteinte:
L'usage de mes sens languissait suspendu,
Et sur l'herbe des champs ce corps faible, étendu...
Ma cabane parut mobile & fugitive.
(*Elle embrasse les genoux d'Adam.*)
   Ah! plutôt dissipez cette douleur trop vive.
Vous nous devez vos jours; nous vous devons nos soins.
Laissez agir mon cœur, il connait vos besoins.
Mon pere, permettez.... ces mains reconnaissantes
Vont choisir à l'instant des feuilles renaissantes;
J'en garnirai le siége où nos brûlans étés
Vous ont vu tant de fois dicter vos volontés;
Sous un ombrage frais je placerai ce siége;
Là de tous vos enfans vous verrez le cortége
De vos maux avec moi partager le fardeau.
Leur amour....
        A D A M, *la relevant.*
    Leve-toi.... va, ce transport nouveau
Est digne de ton cœur, ô fille toujours chere!
Mais calme tes chagrins, laisse Seth & ton pere.
(*En montrant Seth.*)
Je dois lui découvrir des secrets importans.
Sélime, laisse-nous... J'ai, dans ces derniers tems,
Visité ces dehors dont la beauté m'enchante;
Tu connais mon ormeau.... Cette vigne abondante
Qui l'entourait jadis, conduite par ta main,
Succomba sous le poids des grappes de raisin.
D'un cours irrégulier corrige les caprices:
Tu sais que cet ormeau fit toujours mes délices;
Il est de ces vallons le plus bel ornement.
Je compte sur tes soins.

SCENE VII.

ADAM, SETH, L'ANGE DE LA MORT.

ADAM.

Seth, encore un moment,
Et je ne pouvais plus fixer mes yeux fur elle.
Épuife tous tes coups, ô vengeance éternelle!
Non, tu ne comprends pas l'excès de mon malheur.
Telle que dans nos champs une naiffante fleur
Brille & perd fon éclat dans la même journée,
Par le fouffle du tems ta fœur infortunée
Verra bien-tôt flétrir fes appas innocens.
Poussiere fous les pieds de fes petits enfans,
Ces enfans à leur tour redeviendront poussiere.

O toi que j'inftruifois de ma grandeur premiere,
Tu le fais, les Humains tendent tous à la mort;
Tous pécheurs en Adam.... tous ont le même fort.
J'en friffonne d'horreur.... ô penfée accablante!
D'un énorme rocher la maffe moins pefante
Prefferait moins, hélas! mon trop fenfible cœur.

Va, mon fils, laiffe moi; va confoler ta fœur.
Pour moi je vais creufer d'une main criminelle
La tombe où pourrira ma dépouille mortelle.

SETH.

O fpectacle, à mes yeux, & terrible & nouveau!
Seth, tu verrais Adam préparer fon tombeau!
Grand Dieu! que ton courroux fur ma tête retombe,
Mon pere.... différez de creufer votre tombe.

ADAM, *montrant la tombe d'Abel.*

Abel repofe ici, je veux y repofer.
Mon cadavre!... A tes yeux voudrais-tu l'expofer?
Tu le verrais pourrir, & tomber en poussiere.

SETH.

Dieu vengeur, suspendez votre juste colere;
A quelle épreuve, hélas! soumettez-vous mon cœur!

ADAM.

(*Le Théâtre s'obscurcit peu-à-peu.*)

De son trône irrité, la craine & la terreur
Descendent à l'instant... Quelle nuit imprévue!
Je ne puis te fixer, je détourne la vue.
L'Univers n'est pour moi qu'un ténébreux cahos.
Quelle secousse, ô Ciel! ébranle tous mes os!

(*On entend un bruit sourd.*)

Mon cher fils... ces rochers... ils tremblent...jour terrible!
Ange exterminateur, tu seras donc visible.
Arrête.... ton abord présage le courroux.
Il porte ici ses pas, il avance vers nous.

(*Le bruit sourd continue.*)

Entends-tu s'agiter les prochaines collines?
L'interprete sacré des volontés divines,
Le vois-tu, mon cher fils?

SETH.
Environné d'horreurs,

Des ombres de la nuit les obscures lueurs....
Je ne vois rien, je prête une oreille attentive.

ADAM, *à l'Ange qui paraît, le bruit sourd redoublant.*

Viens, parle, me voici: ta sentence tardive
Augmente mon effroi, Ministre de douleur;
Prononce....

L'ANGE DE LA MORT.
Écoute, Adam: ton Dieu, ton Créateur

Te parle par ma voix: « Homme formé de terre,
» Avant que le Soleil achevant sa carriere,
» De ces cèdres voisins ait franchi la forest,
« Tu mourras de la mort ». Respecte cet arrêt;

»* A ta race la Mort devient héréditaire ;
»Dans les bras d'un sommeil paisible & salutaire,
»Les uns seront rayés du nombre des vivans ;
»Les autres éprouvés au creuset des tourmens,
»Broyés par la douleur, redeviendront poussiere :
»Mais, toi premier auteur de l'humaine misere,
» Tu mourras de la mort. A ce dernier moment,
»Ton corps sera frappé d'un nouveau tremblement.
»J'imprimerai mes pas sur ces rochers arides ;
»Ils seront ébranlés ; & mes mains homicides
»Tireront sur tes yeux un voile ténébreux.
»Tu ne verras plus rien dans ce moment affreux :
»Mais un bruit comparable à l'éclat du tonnerre,
»Avant que le Soleil achevant sa carriere,
»De ces cèdres voisins ait franchi la forest.
»T'annoncera la mort ».

ADAM.

     Soumis à cet arrêt,
J'adore, en périssant, la main qui me châtie.
O mon juge ! adoucis l'effrayante agonie
D'un pécheur pénitent.... Ange exterminateur,
    (L'Ange se retire.)
Vole au Trône de Dieu, fléchis mon Créateur ;
Unis tes vœux aux miens, je suis prêt....

SETH.

       Tendre pere !
Vous quittez votre fils !... Dans le sein de la terre
    (A Adam qu'il veut arrêter.)
Je retourne avec vous.... Où voulez-vous aller ?

ADAM.

Adorer l'Éternel.

SCENE VIII.

SETH, *seul.*

Cesse de m'accabler,
Trop amere douleur, douleur inexprimable !
Tu me perces le cœur! ta force impitoyable
De la mort aujourd'hui me fait fubir la loi.

Tu me donnas le jour, je le perds avec toi,
O Pere, le premier & le meilleur des Peres;
Chef de tous les enfans fuçans le lait des meres,
Et de ceux qui naîtront jufqu'à la fin des tems!

Vous ne pourrez donc pas baifer fes cheveux blancs,
O mes enfans!... Et toi, dernier jour qui l'éclaire,
Tu n'as précipité ta courfe meurtriere,
Que pour mieux éprouver fi je crains l'Éternel.
Je vais, d'un bras tremblant, creufer près de l'autel,
Son tombeau!... fon tombeau!... le tombeau de mon pere!
« AVANT QUE LE SOLEIL ACHEVANT SA CARRIERE,
« DE CES CÈDRES VOISINS AIT FRANCHI LA FOREST ».
O parole terrible! irrévocable arrêt!

Fin du premier Acte.

ACTE

ACTE SECOND.

SCENE PREMIERE.

ADAM, SETH.

ADAM, *appuyé sur l'autel devant sa tombe.*

QUEL effroyable aspect ! ô mon fils ! cette terre
N'étale plus l'éclat de la fleur printanière,
Dont les parfums exquis s'exhalaient dans les airs !
Mes yeux ne voyent plus les cèdres toujours verds
Étendre, dans son sein, leurs profondes racines.
Ici, victime, hélas ! des vengeances divines,
Mes os seront pourris : & par les vers rongés,
Tu les verras bien-tôt en POUSSIÈRE changés,
Sur les aîles des vents, perdus dans le nuage !
Moi ! de mon Créateur le plus parfait ouvrage,
Qui ne suis pas conçu dans un sein criminel ;
« JE MOURRAI DE LA MORT.... » Déjà son trait cruel
Pénétre les replis de ce corps misérable :
La Mort les a marqués de son sceau redoutable.
Mes yeux sont obscurcis, mes membres sont tremblans,
Mon cœur est oppressé, mes pas sont chancelans ;
Un frisson me saisit, ma pésante paupière
Appelle le sommeil. Quel sommeil ! qu'il diffère

C

De ce sommeil heureux qui calmait ma douleur.
C'est la mort.... Mais avant que son bras destructeur
Porte son dernier coup sur le chef de ton père,
Viens, je veux profiter de ma faible lumière ;
Je veux jetter encor un regard curieux
Sur la terre d'Éden, séjour délicieux !
Je vais respirer l'air de vos belles campagnes !
Ouvre de ce côté ?

   S E T H, *ouvrant une fenêtre qui offre une perspective.*
     Voyez-vous ces montagnes ?
Ce sont celles d'Éden.

     A D A M.
    Peut-être du Soleil
Les nuages épais cachent l'éclat vermeil.
Je ne vois pas Éden.

     S E T H.
     Quelques nuages sombres
Jettent, sur ces côteaux, de passageres ombres.
L'horison s'éclaircit, & le Soleil paraît.

     A D A M.
Il paraît ! le vois-tu pencher vers la forêt ?
  (*Vivement.*)
Mon fils ne répond pas.... quelles tristes idées !
Tu répondras bien-tôt.

     S E T H.
    Un voile de nuées,
Mon pere, en ce moment, dérobe le Soleil.

     A D A M.
Quand il se montrerait dans tout son appareil,
Ferait-il éclater sa plus pure lumiere ;
Je ne le verrai plus ! j'achéve ma carriere,
C'en est fait : retournons auprès de mon tombeau ;
J'y veux fixer des yeux qui se fondent en eau.
Viens, soutiens-moi, mon fils !....

SETH.
O le plus cher des peres!

ADAM, *portant les yeux du côté d'Éden.*

*Rochers, monts sourcilleux, dont les crêtes altieres
S'élevent avec pompe, & menacent les Cieux;
Sources qui répandez vos tréfors précieux
Dans le fertile fein de la riche Nature;
Ruiffeaux qui ranimez les fleurs, & la verdure;
Vallons délicieux où je prenais le frais;
Arbres fiers & touffus; ornemens des forêts,
Étalant dans les airs vos couronnes brillantes;
Plantes qui recourbez vos têtes bienfaifantes,
Pour calmer la fatigue & l'ennui des chemins;
Cabane où je coulais des jours purs & fereins;
Beaux lieux, champs fortunés, agréables vallées,
Où de tous mes enfans les troupes raffemblées,
De leur aimable afpect réjouiffaient mes yeux;
De votre Roi mourant recevez les adieux.

Et vous brillant féjour de toutes les délices,
De mes jours innocens vous eûtes les prémices:
Mais devenu témoin du premier des forfaits,
Vous éprouvez, hélas! fes funeftes effets.
Lieux facrés, dois-je encore me rappeller vos charmes?
Je vous profanerais par de coupables larmes.
Adam vous fait auffi fes éternels adieux.

(Pendant ces adieux, Sélime fe laiffe entrevoir dans le lointain.)

Éloignons-nous, mon fils, de ces auguftes lieux.

*J'ai peine à diftinguer du fleuve qui l'arrofe,
La terre que j'ai vu nouvellement éclofe:
Mais un malheur plus grand me tourmente & me fuit,
La mort, en me plongeant dans l'éternelle nuit,
De ce fils vertueux va me ravir la vue.

(*A part.*)
Son corps friffonne, hélas! & fon ame eft émue.

C ij

(*Haut.*)

Je dois l'encourager..... Mon fils ; quelle douleur !
Si le Ciel irrité me conduifait ta fœur.....

SETH.

Pere trop malheureux ! inquiette , égarée,
Sélime, en ce moment, à mes yeux s'eft montrée.
Elle approche... elle fuit... la frayeur, les fanglots.....

ADAM.

Pourrai-je lui cacher le comble de mes maux?
Les fignes de la mort font-ils fur mon vifage?
Tu n'ofes me fixer?

SETH.

Ce lugubre langage
Eft un glaive tranchant qui me perce le cœur.
Sur votre augufte front une horrible pâleur.....
Je ne vis point Abel à fon heure derniere;
Mais l'un de vos enfans fur le fein de fa mere,
Expira, fous mes yeux, à la fleur de fes ans.
On vous cacha fon fort.

ADAM.

Quoi ! l'un de mes enfans
'Avec le jufte Abel eft rentré dans la terre ?
O mort ! funefte fruit d'un crime héréditaire.
On me cachait le coup que prodiguait ton bras !
Mais parle ; ce cher fils, victime du trépas,
Craignait-il l'Éternel ?

SETH.

Oui. Son ame était pure.
En payant le tribut à la frêle Nature ,
Un fouris gracieux, un front doux & ferein
M'étaient un gage fûr de fon heureux deftin.
Quand de fon corps glacé, l'ame fut envolée,
De ce tableau touchant la mienne fut troublée,
J'en détournai les yeux. Mais Sélime paraît.

ADAM.

O souvenir amer ! ô renaissant regret !
Le dernier des enfans donnés à ma tendresse,
Sunim est égaré.

SCENE II.

ADAM, SETH, SÉLIME.

SÉLIME.

Pardonnez ma faiblesse,
Mon pere : dans vos bras, malgré l'ordre formel,
Je reviens implorer votre amour paternel ;
Ah ! daignez m'écouter.... Un homme épouvantable ;
J'ignorais que la terre en portait de semblable :
Il n'est pas votre fils.... Est-il quelques forêts
Où des hommes errants ?

ADAM.

Réponds : quels sont ses traits ?

SÉLIME.

Il a l'air menaçant, la taille avantageuse ;
Les yeux creux, égarés, la figure hideuse ;
Il traîne la terreur & la mort sur ses pas.
Sans doute la colere avait armé son bras.
De l'énorme fardeau d'une horrible massue ;
Sur ses membres nerveux une peau suspendue,
Brille de tout l'éclat des plus vives couleurs ;
Et son teint basané, brûlé par les chaleurs,
Laisse entrevoir encor sa pâleur effrayante.
Hélas ! elle n'a point cette teinte touchante
Que la douleur.....

ADAM.

Son front s'offrait-il à tes yeux ?

C iij

SÉLIME.

La crainte retenait mes regards curieux ;
Je ne le fixais pas ; mais sur son front... un signe.

ADAM, *vivement.*

C'est Caïn, Dieu vengeur ! c'est Caïn ! fils indigne !
Le Ciel t'enverrait-il, dans ce moment affreux,
Pour rendre de la mort le joug plus rigoureux ?
O Seth ! va renvoyer ce premier homicide.
S'il s'obstine à me voir.... C'est le Ciel qui le guide ;
Le Ciel veut me punir : je le mérite, hélas !
Viens donc, enfant maudit, contrister mon trépas.
   Mais avant de partir, Seth, couvre cette pierre
Fumante encor du sang de ton malheureux frere.

(*Seth couvre la pierre & se retire.*)

Ce sang peut de Caïn rallumer la fureur.

SCENE III.

ADAM, SÉLIME.

SÉLIME.

O mon pere, excusez ma trop juste douleur,
J'ose exiger d'Adam que son cœur me réponde.
Que vois-je ! Quelle est donc cette fosse profonde ?
Quelle main la creusait au pied de cet autel ?

ADAM.

Ma fille, d'un tombeau le spectacle cruel
T'a-t-il jamais frappé ?

SÉLIME.

      D'un tombeau ! quoi ! mon pere !

ADAM.

O jour que m'accorda le Ciel dans sa colere !
Caïn viendra bien-tôt, & Sélime est ici.

SÉLIME.

Mon pere, répondez : votre fille aujourd'hui
Aurait-elle perdu votre amour, votre eſtime ?
Vous m'appelliez jadis votre chere Sélime.
Ce tems n'eſt plus, hélas!

ADAM.

Sélime, que dis-tu ?

Je t'aime.

SÉLIME.

Vous m'aimez! qu'ai-je donc entendu?
Vous mourrez, & Caïn, cet homme épouvautable,
Vient aggraver le joug dont la mort vous accable.
La mort... Quoi! nous quitter, nous quitter ſans retour;
Eſt-ce la preuve, hélas! de votre tendre amour?

ADAM.

Ceſſe de t'affliger, fille aujourd'hui trop chere,
POUSSIERE, nous devons retourner en pouſſiere.
Sélime, hélas! du tems les doigts appéſantis
Avaient marqué ſon cours ſur mes cheveux blanchis,
Lorſque tes yeux encor fermés à la lumiere.....
Mais ſi Caïn....

SÉLIME, en embraſſant les genoux de ſon pere.

Daignez écouter ma priere :
J'oſe vous conjurer par l'amour paternel,
Dont vous avez comblé le vertueux Abel ;
Par l'amour que pour nous vous conſervez encore;
Par ces tendres enfans qui ſont à leur aurore,
Et que vous bénirez ; par Seth, par mon époux,
Par les pleurs dont Sélime arroſe vos genoux;
O mon pere! vivez.

ADAM, en relevant Sélime.

Fuis ton malheureux pere.

SCENE IV.

ADAM, CAÏN, SETH, SÉLIME.

CAÏN.

*ADAM, source des maux qui ravagent la terre,
Tu pâlis à mes yeux! pâlissais-tu, cruel,
Lorsque je n'étais pas proscrit par l'Éternel?
Le crime te poursuit.

ADAM, *en montrant Sélime.*
Arrête.... vois ses larmes,
Caïn, si tu ne peux partager ses allarmes,
N'insulte pas du moins aux cris de sa douleur,
Que le blasphême affreux s'étouffe dans ton cœur,
De cette fille enfin respecte l'innocence.

CAÏN.
L'innocence! en est-il depuis notre naissance?

ADAM.
Sélime, obéis-moi; retire-toi d'ici;
Seth te rappellera.

SCENE V.
ADAM, CAÏN, SETH.

ADAM.
Tu m'as désobéi,
Caïn ? pourquoi troubler la touchante harmonie
De ma famille ici par l'amour réunie ?

CAÏN.
Parle ; quel est celui qui dirigeait mes pas ?

ADAM.
C'est Seth, mon second fils.

CAÏN.
Ne m'en impose pas *.
Je brave ta pitié, ce fils est ton troisieme ;
Ton second fils n'est plus, je l'ai tué moi-même ;
Mais à ton tour, Adam, frémis, écoute-moi ?
Le Ciel m'envoie ici pour me venger de toi.
Caïn vient assouvir la rage qui le guide.

SETH.
Cruel ! veux-tu plonger une main parricide
Dans ce sein douloureux ?

CAÏN, *à Seth.*
Tais-toi, jeune mortel ;
Tu n'étais pas encore, & j'étais criminel.
   (*A Adam.*)
Je respecte tes jours.

ADAM.
Dieu seul en est le maître *.
Mais de quoi te venger ?

CAÏN.
De m'avoir donné l'être.

ADAM.

Quoi ! mon fils, un bienfait excite ton courroux !
Tu peux....

CAÏN, *l'interrompant.*

Je ne puis rien, maudit d'un Dieu jaloux ;
Voilà de ton forfait l'exécrable influence :
Le sang d'Abel s'éleve & demande vengeance.
De tes nombreux enfans, vois le plus malheureux,
Et de tous les mortels qui naîtront après eux.
Je viens pour me venger d'un pere qui m'opprime ;
Accablé sous le poids & des maux & du crime,
Je cherche le repos qui fuit loin de mes yeux,
Et je n'ai pas l'espoir de le trouver aux Cieux.

ADAM.

Modere les transports de ton ame farouche.
Aux reproches sanglans que vomissait ta bouche,
Ton pere répondit, avant l'ordre porté
D'aller braver ailleurs l'Éternel irrité.
Mais en ce jour, le jour des vengeances suprêmes,
Mon cœur sent beaucoup plus l'horreur de tes blasphêmes.
Hélas ! en vain je veux en arrêter le cours,
Te confondre....

CAÏN.

Qui ? toi ! répondre à mes discours !
Tu ne l'as jamais fait. Hâte-toi, je t'implore ;
Ranime dans mon sein le feu qui le dévore.
Vengeance, fais tomber ton bras ensanglanté *
Sur l'éternel bourreau de sa postérité.
Que ma haine à jamais sur lui se perpétue.

SETH.

Ingrat ! si la fureur ne trouble point ta vue,
Par des siecles entiers vois ces cheveux blanchis.

CAÏN.

Eh ! que m'importe à moi, le premier de ses fils,
Mais de son crime affreux victime héréditaire ?
Qu'ils périssent mes jours noyés dans la misere ;
Ces jours qu'un Dieu tyran prolonge en sa fureur,
Et qui feront suivis d'une éternelle horreur.

ADAM, à Seth.

C'est son Juge, & le mien qui l'envoie & l'inspire!
    (A Caïn.)
Mais comment te venger ?

CAÏN.
        Caïn vient te maudire.

ADAM.

O mon fils, c'en est trop. Non : ne me maudis pas.
Ne maudis pas Adam ; je t'en conjure, hélas !
Au nom du Tout-puissant, dont la bonté propice
Défarme quelquefois le bras de sa justice,

CAÏN.

Non : tu feras maudit.

ADAM.
        Eh bien ! approche-toi ?
La malédiction doit retomber fur moi.
Au bord de ce tombeau.... C'est celui de ton pere,
Là, mon fils & la mort épuifant leur colere,
D'un crime renaissant vont venger l'Univers.
Je meurs, Caïn, je meurs : l'Ange, du haut des airs,
A prédit de ma mort les tourmens effroyables,
Viens enfoncer des traits qui font inévitables.
O Caïn, mon cher fils !

CAÏN.
        Et quel est cet autel ?

SETH.

Caïn le méconnait ! toi, l'assassin d'Abel !
    (Il découvre l'autel.)
Regarde : c'est son fang.

CAÏN, *en fureur.*

C'eſt le ſang de mon frere !
Que vois-je ? le courroux ſort du ſein de la terre.
L'autel, comme un rocher, m'écraſe de ſon poids.
(*A Adam.*)
Fléau du Genre Humain , tremble au ſon de ma voix.
Où ſuis-je ? où fuit Adam ? grand Dieu ! prends ma défenſe.
  (*A Adam.*)
Enfin , je te maudis.... Éternelle vengeance!
(*En montrant Adam.*)
Voilà le criminel, qu'à ſes derniers momens ,
Sur ſon corps accablé pleuvent tous les tourmens.
De la corruption que l'effrayante image
Préſente à ſon eſprit.....

  ADAM, *l'interrompant.*

  Exécrable langage ;
Eſt-ce toi que j'entends, le premier de mes fils ?
J'éprouve tous les maux qui me furent prédits.
O ſentence de mort contre moi prononcée,
Ta chere obſcurité s'eſt, hélas ! éclipſée.
Ceſſe, cruel enfant, d'irriter ma douleur.

  CAÏN.

Barbare, qu'ai-je fait ? Ah ! j'en frémis d'horreur.
J'ai répandu le ſang de mon malheureux pere ,
Que me découvre encor ce rayon de lumiere.
Arrachez-moi, mortels, à ce ſéjour ſanglant.
Ouvrez-vous ſous mes pieds , abîmes du néant :
Mais quel nouvel objet ſe préſente à ma vue ;
Eſt-ce une ombre, un phantôme à mon ame éperdue ?
C'eſt mon pere qui vient reprocher mes fureurs.
Allons ailleurs traîner mon crime & mes malheurs.

SCENE VI.

ADAM, SETH.

ADAM.

SEs cris ont pénétré jufqu'au fond de mon ame;
Calmons de fes remords la dévorante flâme:
Seth, va le confoler.... Hélas! il eft mon fils;
Il eft ton frere aîné. Rappelle fes efprits;
Dis-lui que la fureur qui dans fon fang bouillonne,
N'a point porté de coups. Dis que je lui pardonne:
Mais, de peur d'exciter un défefpoir nouveau,
Cache-lui de ma mort le dangereux tableau.

SCENE VII.

ADAM, *feul.*

QUELLE nouvelle main foutient mon exiftence?
Dans l'orage des maux le calme a pris naiffance.
Enfin je fens la paix.... ineffables tourmens,
Pouvez-vous croître encor jufqu'aux derniers momens?
Si mon Dieu le permet, embraffe les puiffances
D'une ame qu'a broyé le fléau des fouffrances,
Regne, calme mortel, enchaîne tous mes fens.
Verfe quelques douceurs fur mes maux renaiffans.
Conduit vers le tombeau par ta main confolante,
Comme on mene à l'autel la victime innocente,
J'irai, paré de fleurs, finir mes triftes jours.

Un silence profond t'environne toujours,
Froid sépulchre où bien-tôt, fatigué du voyage,
Mon corps doit se couvrir d'un éternel ombrage.
Peut-être, en ce moment, l'ame du juste Abel
Visite avec effroi le tombeau paternel.
Ame de mon cher fils, ame céleste & pure;
Si tu vis (pour venger les droits de la Nature,) *
L'Ange venir du Ciel m'annoncer le trépas,
Viens, vole dans mon sein; repose entre mes bras.
Et dès que tu verras mes paupieres baissées,
Prends mon ame sortant de mes levres glacées.
Tu dois la reposer aux pieds de l'Éternel.
Triste ressouvenir! à ta mort, cher Abel,
Tu ne fus pas troublé d'une horrible agonie.
Submergé dans ton sang, quand tu quittais la vie,
Tu semblais te jetter dans les bras du sommeil
Qui devait te conduire au plus heureux réveil.

SCENE VIII.
ADAM, SETH.
SETH.

J'Ai rejoint ici près mon déplorable frere;
Son corps pâle & défait roulait dans la poussiere.
Il semblait expirer au milieu des horreurs.
D'une voix lamentable il m'a dit : je me meurs...
Va me puiser de l'eau d'une de ces fontaines,
Pour étancher la soif qui brûle dans mes veines.
Des eaux que je puisais il s'est désaltéré.
Alors, pour m'acquitter de votre ordre sacré,
J'ai porté de la paix les paroles touchantes :
Il a fixé sur moi ses prunelles errantes;

Et l'amour paternel eſt devenu vainqueur.
Les pleurs ſe refuſaient aux deſirs de ſon cœur.
C'eſt mon pere, a-t-il dit, je le vois, il pardonne ;
Qu'il jouiſſe aujourd'hui de la paix qu'il me donne.
Daigne lui pardonner, l'Éternel qui m'entend.

A D A M.

C'en eſt aſſez, mon fils.

S E T H.

Mon pere, à cet inſtant,
A mes yeux ſatisfaits vous paraiſſez paiſible.

A D A M.

Je le ſuis.

S E T H.

Dans mon cœur une douceur ſenſible
Semble porter auſſi le germe de la paix :
Mais puis-je m'en flatter? Malheureux, je ne ſais
Si ce calme n'eſt pas une langueur mortelle,
Ou s'il eſt l'heureux fruit d'une force nouvelle.

A D A M.

Je le veux, mon cher fils, éprouvons notre état.
As-tu vu le Soleil?

S E T H.

Il perdait ſon éclat
Dans un nuage obſcur.

A D A M, à part.

(Haut.)   Il échappe à ſa vue.
Hélas! obſerve bien, diſſipe-t-il la nue ?
A tes yeux moins troublés dévoile-t-il ſon cours?
  Eve viendra bien-tôt m'offrir ſes vains ſecours ;
Regarde.. la vois-tu?... poſition cruelle !
Malheureux, ſi je vois ma compagne fidelle ;
Plus malheureux encor ne la voyant jamais.
Dois-je de ce ſéjour lui défendre l'accès?
L'appeller ou la fuir ?

S E T H.

Toujours d'épais nuages

Me cachent le Soleil. Dans ces triftes bocages
Mon œil la cherche en vain ; ma mere ne vient pas.

ADAM.

Pere, Époux malheureux, que puis-je faire, hélas !
   O ! toi, qui d'un feul mot a créé la lumiere *,
Et qui peux, d'un clin-d'œil, fufpendre la carriere
De l'aftre qui me luit pour la derniere fois ;
Toi qui, pour annoncer tes éternelles loix,
Te fers des efprits purs que ta gloire environne,
J'adore le décret émané de ton trône :
O Seth ! mon premier fils.... (Hélas ! Abel n'eft plus,
Et Caïn m'a maudit) ; pratique les vertus ;
Tu dois à l'Éternel le refpect & la crainte ;
Regle toujours ton cœur fur fa volonté fainte ;
Par le plus tendre amour reconnais fes bienfaits ;
A nos vœux épurés il ne manqua jamais.
   Lorfque le tems qui fuit ; & qu'en vain je regrette,
De tes cheveux blanchis ombragera ta tête ;
* Quand fes pefantes mains, en te courbant le corps,
Te montreront de près la région des morts ;
Affife auprès de toi, ma famille nombreufe
Voudra lire en tes yeux l'hiftoire douloureufe
Du premier des mortels, du premier des pécheurs,
Vous avez, dira-t-on, reçu fes derniers pleurs.
Tracez-nous de fa mort une image fincere.
Tu répondras, mon fils : votre malheureux pere,
Du Dieu qui le frappait refpectant le courroux,
Oubliait tous fes maux pour ne fonger qu'à vous.
   « La malédiction contre moi fut portée,
S'écriait-il ; « Hélas ! je l'avais méritée :
» Mais elle rejaillit sur tant d'objets divers.
» Faut-il qu'en me perdant je perde l'Univers !
» Je

» Je fus fait immortel par l'arbitre suprême ;
» Je voulus m'élever au-dessus de Dieu mesme ;
» Mon fol orgueil, flatté d'un chimérique sort,
» Osa désobéir et me donna la mort ».

La mort ! vos cris affreux, montagnes défolées,
Font rugir les échos de ces triftes vallées,
Tandis qu'une muette & profonde douleur
Enchaîne à mes côtés la trifteffe & l'horreur.
O fpectacle effrayant ! De fa fille expirée,
Le pere enfévelit la dépouille adorée ;
La mere de fon fils embraffe le cercueil :
Sur les pas chancelans de la Nature en deuil,
Des enfans éplorés viennent couvrir de terre
Les cadavres hideux de leur pere & leur mere.
Sur fon fein palpitant, l'époufe attend les coups
Qui menacent les jours de fon fidele époux.
O d'une tendre fœur inutiles allarmes !
Ton frere expire, hélas ! arrofé de tes larmes :
Jeune Vierge, la mort brife ton nœud nouveau,
Et ton lit nuptial fe change en un tombeau :
Et toi, douce amitié, que la vertu reclame,
La mort éteint auffi ton innocente flamme.

O vous tous, mes enfans, fi jamais à vos yeux
J'offre de mon tombeau le fpectacle odieux ;
Ah ! ne maudiffez pas ma mémoire & ma cendre ;
Honorez-les plutôt d'une piété tendre.
Vous héritez, hélas ! de mon funefte fort,
Je le fais, mes enfans : « MAIS AU SEIN DE LA MORT
» LE TOUT-PUISSANT UN JOUR FERA GERMER LA VIE *(a).
» LA TESTE DU SERPENT.... *(b) LA TERRE RÉJOUIE
» VERRA SON RÉDEMPTEUR *(c), ET SON HUMANITÉ
» PARTICIPE A L'ÉCLAT DE LA DIVINITÉ *(d) ».

---

* (a) Iſaïe . c. 45. v. 8. &c.   *(c) Habac, 3. v. 18. &c.
* (b) Genefe, 3. v. 15. &c.   *(d) 2. Petr. 1. v. 4. &c.

D

Si mon Dieu n'eût daigné m'annoncer ce myſtere,
Depuis longtems, mon fils, tu n'aurais plus de pere.
(*Adam s'aſſied ſur l'autel auprès de ſa foſſe, ſa tête ſe panche.*)
       S E T H, *regardant ſon pere.*
Il meurt !
        A D A M.
   Non, mon cher fils, c'eſt mon dernier ſommeil.
Laiſſe-moi m'y livrer.
       S E T H.
      Peut-être à ſon réveil,
Dans les bras du repos ſa douleur tempérée..
   C'eſt à moi de couvrir cette tête ſacrée.
(*(a) Il couvre la tête de ſon pere, & il avance une natte au-*
    devant de l'autel, pour dérober ſon pere aux yeux du
    ſpectateur ; il revient ſur ſes pas.)
O mon pere ! qui, moi ? j'irai, dans ma fureur,
Maudire un nom chéri que je porte en mon cœur !
Que plutôt !... Le Soleil va finir ſa carriere.
Pour ſurcroît de douleur, ma déplorable mere
Doit bien-tôt partager l'horreur de ce ſéjour.
Juſte Ciel ! ſuſpendez ſon funeſte retour.
* Voilà le premier vœu formé pour ſon abſence.
   De mes nouveaux malheurs l'inſtant fatal s'avance :
Allons y préparer mon eſprit abbattu.
Grand Dieu ! viens ranimer ma force & ma vertu.

---

* [a] Je ne ſuppoſe pas ici, comme M. Klopſtok, que Seth apperçoit ſa
mere, & j'ai l'attention de faire à Seth avancer une natte pour cacher Adam ;
l'entre-Acte en eſt plus marqué.

Fin du ſecond Acte.

ACTE TROISIEME.

SCENE PREMIERE.

EVE, SÉLIME, toutes deux cherchant Adam.

SÉLIME, *sans être vûe d'Eve.*

CIEL! je la vois venir ma mere infortunée,
A ma vive douleur sans cesse abandonnée,
Pourrais-je me prêter à ses transports joyeux ?
(*Elle se retire, & Eve approche du côté opposé.*)
Fuyons....

E V E.

Que ce désert répond mal à mes vœux!
Quoi ! lorsque le plaisir me forme une couronne,
Tout le monde me fuit : ce silence m'étonne.
Adam.... Seth.... où sont-ils ? Sélime, ô jour heureux!

SCENE II.
EVE, SETH.

SETH, *sans être apperçu de sa mere.*

CACHE-toi dans mon cœur, ô désespoir affreux !
Ne grave pas tes traits sur mon triste visage ;
Vous, Puissances du Ciel, donnez-moi le courage
De soutenir l'aspect de ma mere.

EVE.

Ah ! mon fils !

Partage mes transports dans ces momens chéris.
Des meres de nos jours vois la plus fortunée.
Rien ne peut égaler l'heureuse destinée
Dont le Ciel aujourd'hui.... Que fait mon cher époux ?

SETH.

Il repose.

EVE.

En quel lieu ? dans un moment si doux
Je cours le réveiller.

SETH.

Arrétez, tendre mere.

A peine a-t-il fermé sa débile paupiere ;
Laissez-le savourer les douceurs du sommeil.

EVE.

Non : mon amour ne peut différer son réveil.
Je veux l'aller trouver.... ô joie inaltérable !

SETH, *en la retenant.*

L'excès de votre amour est sans doute louable,
Ma mere : mais Adam veut reposer en paix.
Je vous en prie encor. Au gré de ses souhaîts,
Laissez-le reposer.

E V E.

Ce sommeil peu durable
Est le prélude heureux d'un réveil agréable;
J'en suis sûr. O Sunim, que j'avais tant pleuré!
Dans le fond d'un désert il s'était égaré.
Hélas! ce cher enfant cherchait ses autres freres.
Sans doute le Très-Haut, sensible à nos prieres,
Guidait ses pas errans dans l'horreur de la nuit.
Dans la chaleur des jours sa main nous l'a conduit,
En étendant sur lui son aîle bienfaisante.
Seth, si tu le voyais.... son ame impatiente
Desirait de voler dans le sein paternel,
Et raconter comment le bras de l'Éternel
Frayait devant ses pas une route inconnue.
Tu le verras bien-tôt, sa tendresse ingénue
Viendra couvrir ton front de baisers innocents:
Il est accompagné de trois jeunes enfans,
Tendres fleurs qui feront l'ornement de leurs meres,
Et qu'Adam bénira de ses mains salutaires.
Graces à l'immortel; la foule des plaisirs
Avec rapidité prévient tous mes desirs.
Sélime, Eve a paré ta couche nuptiale;
Eve t'y conduira, ma joie est sans égale.
Je te donne un époux, je retrouve mon fils:
Pouviez-vous l'espérer, ô mes enfans chéris?
Vous le verrez ce fils, portant la torche ardente,
Éclairer des époux la marche triomphante.

S E T H

O mere, à qui je dois, par un juste retour,
L'hommage le plus pur de respect & d'amour!

E V E.

Quoi! tes sombres regards respirent la tristesse;
Tu partageais jadis mes transports d'allégresse.

SETH.

Les fentimens divers qui furchargent mon cœur,
Dans mes yeux étonnés ont gravé ma douleur.

EVE, *en cherchant Adam.*

O mon fils!... Mais je vois accourir dans la plaine
Les meres, & Sunim que le plaifir amene.
(*Tournant les yeux du côté où Adam repofait ordinairement.*)
Diffipe du fommeil les trompeufes erreurs ;
Viens goûter, cher époux, les réelles douceurs
Que doit te préfenter, d'une main qui t'eft chere,
Ce fils que l'Éternel.....

SETH, *à part, levant les yeux au Ciel,*

O malheureufe mere !
(*Haut.*)
Ce n'eft pas en ce lieu qu'il repofe aujourd'hui.

EVE.

Où donc? conduis mes pas ; où s'eft-il endormi ?

SETH

Au pied de cet autel.

EVE.

Quoi! fi près de la pierre
Où je mêlais mes pleurs aux larmes de ton pere!...
Auprès du jufte Abel!...

SETH.

Auprès de fon cher fils ;
C'eft-là que du fommeil les doigts appefantis
Doivent fermer fes yeux,

SCENE III.

ADAM, EVE, SETH.

EVE, *levant la natte qui couvre le devant de l'autel.*

CET objet lamentable
Peut rouvrir de son cœur la bleſſure incurable ;
Cet autel teint du ſang que ſon fils a verſé.....
Mais pourquoi ſur ſon front ce voile eſt-il placé ?
Quelles mains ont fouillé dans le ſein de la terre ?
Ton pere y cherchait-il les membres de ton frere ?
Veut-il hâter ſa mort par cet affreux tableau ?
Tu ne me réponds rien.

SETH.

Vous voyez un tombeau.

EVE.

Cache ces oſſemens marqués au ſceau du crime
D'un frere encor ſouillé du ſang de ſa victime.

SETH.

Ils n'y ſont plus.

EVE.

Hélas ! tous ces membres pourris,
Par les vers & le tems en pouſſiere réduits......
De ton pere, ô mon fils, le ſommeil eſt perfide ;
Son ſein trop agité.... quelle couleur livide
Sur ſes mains ! je ſuccombe à mon trouble ſecret.

SETH, *à part.*
Mais déjà le Soleil penche vers la forêt.
(*Haut.*)
O ma mere ! à mon cœur vous ſerez toujours chere.
(*Il ſe couvre le viſage.*)
L'inſtant approche, hélas ! je ne dois plus me taire ;

D iv

Cette foſſe qu'Adam creuſa près de l'autel,
Eſt ſa tombe.... Tantôt l'Ange envoyé du Ciel
A prononcé ces mots : « HOMME FORMÉ DE TERRE,
» AVANT QUE LE SOLEIL ACHEVANT SA CARRIERE,
» DE CES CÈDRES VOISINS AIT FRANCHI LA FOREST,
» TU MOURRAS DE LA MORT ». De ce fatal arrêt
L'Ange viendra fixer ce terme invariable.
L'Univers frémira ſous ſon poids redoutable,
Et ce roc ébranlé treſſaillira d'horreur.

(Eve tombe évanouie de l'autre côté de l'autel.)

A D A M, ſe réveillant & ſe découvrant le viſage.

O mon fils ! quel ſommeil de trouble & de terreur !
Le ſommeil de la mort ſans doute eſt plus tranquille.

(Il apperçoit quelqu'un.)

Imprudent, qu'as-tu fait ? Dans ce lugubre aſyle
As-tu conduit ta ſœur ? Sélime, écoute-moi :
Ta mere t'aime encor & reſpire pour toi ;
Épanche dans ſon ſein ta douleur impuiſſante.

E V E.

Adam, ſi de ma voix plaintive & gémiſſante
Les lugubres accens te ſont encor connus,
Daigne prêter l'oreille à mes diſcours confus.
Je ſuis.... Ah ! cher Adam, je ne ſuis pas Sélime.

A D A M.

De toutes les horreurs je vois s'ouvrir l'abîme.
O mort ! terrible mort !

S E T H, courant à Adam.

Non : ne le frappe pas.

O mort ! ô ciel ! mon pere !.... il meurt entre mes bras !

A D A M.

Le roc a-t-il tremblé ?

S E T H.

Pas encor.

EVE, *à Seth.*

       De ta mere
Soutiens le faible corps ; conduis-moi vers ton pere.
Cher époux, de ma voix connais les sons touchans,
Jadis chers à ton cœur.

ADAM.

         Ils ont frappé mes sens.
Eve, mes yeux couverts de nuages funebres
Cherchent en vain tes traits dans d'épaisses ténébres.

EVE.

Créée au même jour, Eve meurt avec toi.
Même chair, nous devons subir la même loi.
L'Ange l'a-t-il prédit ?

ADAM.

        Épouse trop aimée,
Du feu de la douleur mon ame consumée
Renaît encor pour toi. Sans doute l'Immortel
Réunira nos cœurs au séjour éternel.
Mes yeux ne s'ouvrent plus que pour verser des larmes.
Laisse-moi : tes discours, tes craintes, tes allarmes,
M'accablent beaucoup plus que les coups du trépas.

SETH, *à part.*

Les trois meres, ô Ciel ! portent ici leurs pas.

ADAM.

Qu'entends-je ? quelqu'un vient.

SETH.

        Vos enfans & leurs meres
Viennent à vos genoux....

SCENE IV.

ADAM, EVE, SETH, LES TROIS MERES *avec leurs enfans*, SUNIM *d'un côté*, SÉLIME ET EMAN *de l'autre.*

SÉLIME.

A leurs larmes ameres
Sélime doit mêler le torrent de ses pleurs ;
Je puis entrer aussi.... j'accompagne mes sœurs.

ÉMAN.

Je te suivrai partout, ô ma chere Sélime !
L'espoir me fait douter du malheur qui t'opprime.

UNE MERE.

Viens, Sunim.

LA SECONDE MERE.

Qu'apperçois-je?

LA TROISIEME MERE.

Est-ce mon pere, hélas!

ADAM.

Va, Seth, cours, mon cher fils, au-devant de leurs pas.

SETH.

(Il s'adresse aux trois Meres, dont l'une se couvre le visage, l'atre détourne ses regards, la troisieme se penche sur son jeune enfant.)
Ne fixez pas les yeux sur ce front qu'environne
Un tourbillon de maux..... ma force m'abandonne;
Je ne puis vous parler ; hélas! depuis longtems
J'avale le poison qui corrompt tous mes sens.
Ciel! qu'il en coûte au cœur d'un frere qui vous aime,
De vous porter le coup qui l'accable lui-même.

Adam meurt en ce jour ; l'Ange a porté l'arrêt.
« Avant que le Soleil ait franchi la forest,
(Il montre celle des cèdres.)
» Adam meurt de la Mort».L'Ange annoncera l'heure.
Ce rocher tremblera..... Sa derniere demeure ,
(Il l'indique.)
Sa tombe.... la voilà : détournez-en les yeux.
(Il la montre.)
Ah ! mes sœurs , redoutez ce spectacle odieux.

A D A M.

Au milieu des sanglots dont mon ame est émue ,
Cette voix qui s'éleve & qui m'est inconnue.
Quelle est-elle , mon fils? Ces cris du sentiment
Ne partent pas du cœur de Sélime ou d'Éman ;
Je n'y reconnais pas les accens des trois meres.

S E T H.

Le Ciel veut alléger le poids de vos miseres ,
Mon pere : sa bonté , dans ces tristes instans ,
Jette encore sur vous des regards bienfaisans.
Cette touchante voix qui réjouit votre ame ,
C'est la voix d'un cher fils que son pere reclame :
La voix du cher Sunim.

A D A M.

Sunim est dans ces lieux !
Mon fils à me tromper est-il ingénieux ?
Seth ne m'a point trompé dans le cours de ma vie.
Pour calmer les terreurs de ma longue agonie,
En veut-il imposer à mon crédule cœur ?
Ici bas , pour ton pere , il n'est plus de bonheur.

S E T H.

Mon pere !

A D A M.

Quoi ! Sunim garderait le silence !
Qu'il parle ce cher fils , s'il est en ma présence.

SETH.

L'excès de sa douleur vient d'étouffer sa voix.

ADAM.

Approche, cher Sunim ; pour la derniere fois
Je veux toucher ton front de cette main tremblante.

SETH.

Le voilà.

ADAM, *à Sunim qui embraffe fes genoux.*

Cher Sunim, ta tendreffe eft preffante.
Grand Dieu ! tu me le rends, je retrouve mon fils !

SUNIM.

Je fuis Sunim.

ADAM.

Sunim, cher enfant, obéis.
Laiffe Adam, jette-toi dans le fein de ta mere.

EVE, *à Sunim.*

Mon fils, tu n'en as plus.... dans les bras de ton frere.

SETH, *à part.*

O fentence de mort ! irrévocable arrêt !
(*A Sunim qui fe jette dans fes bras.*)
Laiffe-moi me livrer à mon jufte regret,
(*A Adam.*)
Cher Sunim. Ah ! bien-tôt ! trop déplorable pere....
Il faut vous l'annoncer, déjà de fa carriere
Le Soleil incliné doit terminer le cours ;
Vous touchez au couchant du dernier de vos jours.
A nos vœux réunis daignez être propice ;
Que, prêt à nous quitter, votre main nous béniffe.

ADAM.

L Soleil, mon cher fils, penche vers la forêt ?
Viens donc, cruelle mort, lance ton dernier trait ;
Approche, je t'attends..... Moi, que je vous béniffe !
Jufte Ciel ! que plutôt fur moi feul réjailliffe
La malédiction dont gémit l'Univers :
De mon propre péché vous portez tous les fers.
O mes enfans, que Dieu vous béniffe lui-même.

TOUS ENSEMBLE.

Nous vous en conjurons par l'arbître suprême ;
Adam, béniffez-nous.

ADAM.

J'en friffonne d'effroi * (a).
La bénédiction n'approche plus de moi.
Je ne puis la donner. Accablante penfée !
Honteux reffouvenir de ma gloire paffée !
Hélas ! mes chers enfans, quel contrafte cruel !
J'obéis à la mort, & j'étais immortel ;
Je paffais d'heureux jours au jardin des délices ;
Tous mes jours font ici marqués par des fupplices.

Mais où m'entraîne encor une invifible main ;
Le voile ténébreux fe déchire foudain.
Quel théâtre d'horreurs ! campagnes gémiffantes,
Hélas ! de fang humain je vous vois rougiffantes.
Je plonge, cher Abel, le poignard dans ton flanc :
Dirige ailleurs ton cours, vafte ruiffeau de fang ;
Cachez fous vos débris, montagnes écroulées,
Les cadavres épars dans ces triftes vallées ;
Des crânes deffèchés, des fépulchres ouverts ;
Des membres en lambeaux & rongés par les vers ;
Éloignez-vous d'Adam, objets épouvantables.
Mes enfans, accourez ; que vos mains charitables
M'arrachent pour toujours de ces champs odieux.

SETH.

Si ces tremblantes mains que je tends vers les Cieux,
Si mon cœur accablé d'une douleur pareille,
A la douleur....

---

* [a] J'ai fupprimé quelques répétitions que M. l'Abbé Arnaud traduit fcrupuleufement.

ADAM, *l'interrompant.*

Quels fons ont frappé mon oreille?
Seth, je ne favais pas être fi près de toi.
Le Ciel daignerait-il avoir pitié de moi?
Quel calme! ô mon cher fils!

SETH.

Éternelles Puiffances!
Sufpendez, s'il fe peut, le cours de fes fouffrances.
Il fourit! venez tous, accourez, Eve, Éman,
Et Sélime, & Sunim, faififfons le moment:
Meres, approchez-vous; c'eft fon dernier fourire.
O mon pere! écoutez l'amour qui nous infpire:
Nous fommes tous ici, béniffez vos enfans.

ADAM.

Que mon cœur eft touché de vos defirs preffans!
A vous bénir, mon fils, ma tendreffe s'apprête.
(*Il met la main droite fur la tête de Seth.*)
Viens, Seth, je veux pofer cette main fur ta tête;
(*Il met la main gauche fur la tête d'Éman.*)
L'autre repofera fur la tête d'Éman;
Rejoins ton cher époux, Sélime..... jeune enfant,
Sunim, va près de Seth.... inconfolables meres,
Répétez à vos fils mes paroles dernieres:
Qu'Eve, pour vous bénir, fe réuniffe à moi.
(*Ils fe jettent tous à genoux.*)
EVE, *en fe mettant à genoux la derniere.*
Souffre qu'à tes genoux je reçoive de toi
La bénédiction.

ADAM, *l'interrompant.*
Tendre époufe que j'aime,
Et que de mon côté Dieu fit fortir lui-même;
Je commence par toi mes bénédictions:
C'eft tout ce que je puis.... Mere des Nations,

Peu de tems après moi tu vins à la lumiere ;
Peu de tems après moi, tu deviendras pouſſiere.
Voilà ma tombe.

E V E.

O Ciel! je dois à ta bonté
Ce conſolant arrêt par Adam répété.

(Elle ſe leve & ſoutient Adam.)

A D A M.

* En vous, mes chers enfans, je bénis tous les hommes
Qui vivent, qui vivront ſur le globe où nous ſommes.
Que le Dieu qui pétrit l'argile de nos corps,
Et qui, pour ranimer leurs merveilleux reſſorts,
De notre ame y ſouffla l'immortelle ſubſtance ;
Que ce Dieu qui, voulant me mettre en ſa préſence,
Tempérait de ſon front l'éclat majeſtueux,
Et daignait me parler dans des tems plus heureux ;
Que Dieu qui m'a béni, qui m'a jugé lui-même,
Dont j'adore en tremblant la volonté ſuprême
Que l'Être tout-puiſſant, immuable, éternel,
Vous étende ſa main de ſon trône immortel ;
Et qu'ouvrant ſes tréſors, ſa tendreſſe infinie
Verſe quelques douceurs ſur les maux de la vie :
Que de la mort ſouvent le tableau médité
Rappelle à votre eſprit votre immortalité.
Voyageurs ici bas, de la féconde terre,
Recevez, en paſſant, le tribut ſalutaire :
Le tems fuit ſans retour. Écoute, homme pécheur:
Tu mangeras ton pain trempé dans la ſueur.
Crains de l'oiſiveté les douceurs menſongeres.
Aimez-vous, mes enfans, car vous êtes tous freres :
Goûtez le ſeul plaiſir, digne de tous vos vœux,
Le plaiſir délicat de faire des heureux.
De l'aimable vertu ſavourez l'allégreſſe,
Épurant vos deſirs au feu de la ſageſſe.

Puiſſe toujours un Seth vous rappeller à Dieu!
Et quand le Rédempteur, pour viſiter ce lieu,
Au tems prédeſtiné ſe frayant une route,
Deſcendra triomphant de la céleſte voûte,
Mortels! levez les yeux, béniſſez le Seigneur;
Que vos cœurs, réjouis de voir votre Sauveur,
Réverent la grandeur de ce profond myſtere;
Mais n'oubliez jamais que vous êtes pouſſiere,
Et qu'il faut retourner en pouſſiere.

(On entend un bruit ſourd.)

S E T H, *en ſe levant tout effrayé.*

Écoutez.

Le rocher tremble, ô Ciel!

E V E.

Cher époux!

S E T H.

Arrêtez.....

O mort!... Que veux-je, hélas! c'eſt le Ciel qui la guide.
Le bruit a redoublé..... la ſecouſſe rapide.....

A D A M.

Dieu! ne me livre pas à tes juſtes fureurs;
O mort! cruelle mort! je te ſens.... je me meurs.

(Le rocher ſe briſe.)

Fin du troiſieme & dernier Acte.

Le Privilége & l'Enregiſtrement ſe trouvent au Nouveau
Théâtre François.

www.ingramcontent.com/pod-product-compliance
Ingram Content Group UK Ltd.
Pitfield, Milton Keynes, MK11 3LW, UK
UKHW020017080726
13614UKWH00003B/1408